O Primeiro Louco

25 microcontos de futebol em cenas teatrais corinthianas

Rafael Duarte Oliveira Venancio

Publicação Independente na Amazon KDP
com apoio da To the Moon | Soluções em Storytelling
Maio de 2021

Coleção "Microcontos de Futebol" #62

Capa: Rafael Duarte Oliveira Venancio

Disponível na Amazon em versão impressa e em e-book.

ISBN (versão impressa): 9798746882547

"Vai Curintia!"

(Grito da torcida que é quase um patrimônio linguístico brasileiro)

Sumário

Uma nova era para os Microcontos de Futebol

Este livro, "O Primeiro Louco", marca uma nova fase dos Microcontos de Futebol.

Desde 2020, estamos com esta campanha no Apoia.se de escrever mensalmente e vocês estão notando que eles estão cada vez mais saindo como peças de teatro.

A boa notícia é que, em 2021, essas peças de teatro serão mais do que livros publicados. Elas serão encenadas também e gravadas para que todos possam vê-las virtualmente em seus celulares e computadores.

"O Primeiro Louco" será a primeira delas graças à iniciativa de Victor Garbossa.

Victor Garbossa, além de talentoso ator, cantor de teatro musical e dublador, é um grande amigo e parceiro. Eu o conheço desde quando dei aula para a sua turma do Curso Superior de Audiovisual do Centro Universitário Senac em São Paulo nos anos 2010.

Nos últimos meses, eu e Victor estamos colaborando em diversos projetos teatrais e, um dia desses, veio a proposta: "Rafael, você teria um texto seu de futebol para que eu possa encenar?"

Na minha mente, logo vieram os famosos pedidos que as atrizes faziam ao meu ídolo máximo, no teatro e na escrita sobre futebol, Nelson Rodrigues: Fernanda

Montenegro e o Boca de Ouro, Neila Tavares e o Anti-Nelson Rodrigues e, especialmente, o monólogo Valsa nº 6, que foi escrito para sua irmã, Dulce Rodrigues.

"O Primeiro Louco" é a minha peça para o Victor. Uma peça de teatro escrita por um notório são-paulino (que eu sou) para um apaixonado corinthiano (que ele é). Não é uma Valsa nº 6, mas de certo é um monólogo onde Victor (e qualquer outro ator) poderá se sobressair vivendo a lenda do futebol que foi Amílcar Barbuy.

Não vejo a hora da peça encenada ir para o ar. Vamos aguardar!

Rafael Duarte Oliveira Venancio
Fim de Abril de 2021 em São Paulo, SP, Brasil

O PRIMEIRO LOUCO
25 cenas teatrais
por Rafael Duarte Oliveira Venancio

PERSONAGENS
AMÍLCAR, jogador de futebol dos anos 1910

TEMPO-ESPAÇO
Indefinido

SINOPSE
No limbo das memórias esquecidas do futebol, a lembrança de Amílcar Barbuy conta sua história como um dos primeiros craques do Corinthians entre reconhecimentos e mágoas.

NOTA DO AUTOR
As 25 cenas teatrais podem ser dispostas em uma ordem cronológica de exibição da primeira até a última. O encenador pode optar por fazê-las de maneira contínua ou intercalá-las com blackouts à maneira de nomes do teatro inglês tal como Harold Pinter.

Cena #1

Estamos em uma espécie de limbo. AMÍLCAR está dormindo no chão. Ele veste uma roupa alvinegra de jogador de futebol, porém sem distintivo. É possível ouvir sons de rádio de antigos jogos do Corinthians, de todos os tempos, de todos os craques. De repente, é possível ouvir o famoso grito da torcida corinthiana: "Aqui tem um bando de louco. Louco por ti Corinthians!". Há um som de fita cassete voltando e o grito é repetido algumas vezes. Ficando cada vez mais recortado e focado na palavra "louco". AMÍLCAR abre os olhos de súbito.

AMÍLCAR: Louco? Louco por ti, Corinthians? Corinthians?

Cena #2

AMÍLCAR: Corinthians? É por ti que estou aqui. Quando somos apenas uma memória... Mesmo que seja uma memória dormente, quase esquecida de um ser humano que existiu. Um ser humano que foi um herói histórico. Não, não. Não sou um fantasma. Imagina. Vocês acreditam nesse tipo de coisa? É muito clichê! Eu sou uma memória. Melhor uma ideia de um personagem histórico. Uma lembrança de alguém que existiu e muito amou algo. Louco por ti, Corinthians? Não sei que grito é esse, mas de certo sou eu. Eu sou louco por ti, Corinthians! Talvez o primeiro louco que já existiu...

Cena #3

AMÍLCAR: Corinthians. Sou tão louco por ti e nem mais carrego seu distintivo. O distintivo que defendi. O distintivo que o meu irmão Hermógenes desenhou. Ele que me convenceu a jogar por ti Corinthians. Minha loucura pelo Corinthians começou como um amor de irmão. Era 1912. Eu jogava na várzea. Corinthians já tinha dois anos de idade e era uma sensação. No entanto, precisava de mim. Meu irmão disse: os Barbuy são corinthianos. Venha logo defender a nossa camisa. Eu fui. Logo me apaixonei. Melhor… Enlouqueci…

Cena #4

AMÍLCAR: Fiquei tão louco pelo Corinthians que até mudei meu estilo de jogar. Eu era centroavante. E dos bons. Goleador. Garanti bem com bola na rede o primeiro título do Corinthians. Era 1914. Campeão paulista. Antes, ser campeão paulista era só para time de rico. Time de inglês como do Charles Miller. Time de aristocrata tal como o Paulistano onde jogava o Friedenreich. Em 1914, pela primeira vez, um time de gente comum - italianos, espanhóis, brasileiros - era campeão. Que orgulho do meu Corinthians! Claro que naquele ano teve dois campeonatos paulistas, mas isso não importa. O nosso foi mais importante!

Cena #5

AMÍLCAR: Em 1914, fizemos o Corinthians se sagrar campeão de forma invicta. 100% porque aqui é Corinthians. 10 vitórias em 10 partidas. 37 gols marcados sendo 12 gols do Neco, que foi o artilheiro da competição. Lembro desses meus amigos alvinegros em campo. Sebastião no gol. Fúlvio e o Casimiro Segundo na zaga. Police, Bianco e César na linha média. Américo, Peres, Amílcar, Aparício e Neco. Sim, eu, Amílcar Barbuy, de centroavante, mas logo eu mudaria. É que o Neco cada vez ficaria mais craque em fazer gols e o time mais ofensivo. Precisava de alguém para segurar as pontas.

Cena #6

AMÍLCAR: Então, logo eu fui assumindo o lugar que era do Bianco no time. Virei o volantão. De camisa 9 virei camisa 5. O nome que se chamava naqueles tempos não era volante, era center-half. Talvez eu tenha sido o primeiro grande center-half no futebol brasileiro. Só talvez fui superado pelo Bauer, que é lá dos nossos rivais do São Paulo, na Copa de 1950. Eu sou modesto, mas devo confessar uma coisa. Dizem que eu jogava mais que o Neco, o nosso artilheiro, e, se bobear, até melhor que Friedenreich e esse menino que surgiu lá em 1958: Pelé.

Cena #7

AMÍLCAR: Sim, melhor que o Pelé. É que o povo se esqueceu porque eu joguei nos anos 1910, 1920... Não tinha TV. Mal tinha jornal e a maioria das pessoas eram analfabetas. Ninguém lia meus feitos. Ou via na TV. Ou mesmo jogava videogame comigo. As pessoas viviam meus lances em campo. Na várzea do Rio Tietê, na várzea do Carmo. Nos estádios da época tal como o Velódromo. As pessoas falavam meu nome. Vocês viram o lance do Amílcar? Vi sim. Joga muito esse Barbuy... Orgulho da família. Orgulho do Corinthians. Que orgulho do Amílcar Barbuy ser muito corinthiano!

Cena #8

AMÍLCAR: Em 1916 foi a mesma coisa que 1914. 100%. Campeão invicto. 9 jogos. 9 vitórias. 23 gols feitos e apenas 3 sofridos... Mas o artilheiro não foi o Neco não. Foi o Aparício. Eu já estava jogando de center-half em um jogo ou outro. E com isso, a Seleção Brasileira, que tinha acabado de ser criada, me chamou. Estreei pela primeira vez no Sul-Americano de 1916 na Argentina. Foi contra os donos da casa e ficamos no 1 a 1. Só joguei esse jogo. Depois entrou o Mimi Sodré do Botafogo do Rio. Por isso que talvez não vencemos...

Cena #9

AMÍLCAR: No entanto, esse jogo com a Argentina entrou para história por minha causa. Foi a primeira vez que um jogador do Corinthians usou a camisa da Seleção Brasileira. Eu que comecei uma tradição cheia de craques que montou campeões de Copa do Mundo tais como Gilmar dos Santos Neves, Ado, Rivelino, Oreco, Dida, Viola, Ricardinho e até mesmo o folclórico Vampeta... Todos eles jogavam no Corinthians quando foram campeões pela Seleção, mas eu fui o primeiro a usar a camisa do Corinthians por debaixo da do Brasil... Sou um louco! Louco por ti, Corinthians, até defendendo o meu país...

Cena #10

AMÍLCAR: A consagração pela Seleção Brasileira foi 1919. Sul-Americano. Em casa. O estádio das Laranjeiras no Rio de Janeiro cheio. Fomos campeões sul-americanos. A primeira vez que o Brasil vence este torneio que hoje vocês chamam de Copa América. Claro que foi emocionante quando fiz 2 gols no torneio em 1917, mas levantar o caneco em 1919 foi sensacional. Melhor ainda que a festa foi no Rio, mas éramos quase todos paulistas. Só o goleiro Marcos de Mendonça e o meia Fortes, do Fluminense, e o zagueiro Píndaro, do Flamengo, eram cariocas. Os outros oito eram paulistas. Uma seleção paulista!

Cena #11

AMÍLCAR: O cracaço era o Friedenreich, autor do gol do título, e do Paulistano. Ele fundaria o São Paulo onze anos depois... Já do Santos, tinha o Arnaldo, de quem eu era capitão reserva, e o meia Santos. Do Corinthians, tinha eu e o Neco, que tocou a bola para o Fried marcar o gol. E tinha o Bianco e o Heitor dos nossos rivais... Sim, daquele time lá. Dos italianos que nem eu. Palestra Itália. Ah, Corinthians... Sou tão louco por ti... tão louco que fazemos insensatez por ciúmes... Como é o grito que ouvi? Um bando de louco?

Cena #12

AMÍLCAR: Deixe eu me explicar... Nós, Barbuy, somos filhos de italiano. Meu pai se chamava Geovane e ele ajudou a fundar o Corinthians. Como contrapartida e reconhecimento, ele que tinha os direitos de vender bebidas no clube. O Corinthians foi ficando importante. Eu e o Neco, com o Rodrigues Primeiro e Tatu, ajudamos na vitória do Sul-Americano de 1922. Fomos bicampeões paulistas pelo Corinthians em 1922 e 1923. As duas em cima do Palestra Itália, aliás... Assim, o Corinthians ganhou dinheiro suficiente para uma sede nova, mas não quiseram deixar meu pai trabalhar nela. Ele não podia mais vender bebidas.

Cena #13

AMÍLCAR: Isso doeu. Isso machucou. Eu fizera tanto para o Corinthians. Os Barbuy fizeram tanto para o Corinthians. O meu irmão Hermógenes desenhou três, quatro versões do escudo. Tudo por amor ao time. Nós ajudamos criar o Corinthians. Um time da várzea. Um time do povo. Contra tudo, contra todos. Tão novo e já tetracampeão paulista com quatro jogadores campeões sul-americanos pela Seleção Brasileira. Quando soube disso, quis largar o futebol. E deveria ter ficado assim. Eu deveria não ter chutado nenhuma outra bola na minha vida depois de 1923. Depois de ter saído do Corinthians… Louco por ti Corinthians...

Cena #14

AMÍLCAR fica em silêncio.

Começamos a ouvir primeiro o grito da torcida

do Corinthians:

"Aqui tem um bando de louco

Louco por ti, Corinthians

Aqueles que acham que é pouco

Eu vivo por ti, Corinthians

Eu canto até ficar rouco

Eu canto pra te empurrar

Vamo, vamo, meu timão

Vamo, meu timão

Não para de lutar

Aqui tem um bando de louco

Louco por ti, Corinthians"

Aos poucos,o grito corinthiano vai se transformando

em uma marcha fúnebre, tal como o famoso terceiro

movimento da Sonata para piano Nº 2 em si bemol

menor, Op. 35 de Frédéric François Chopin

Cena #15

AMÍLCAR: Eu não morri de fato. Foi pior. Eu morri para o Corinthians. Eu aceitei jogar pelo Palestra Itália. "Você é italiano, Barbuy", eles disseram. "Venha para o Palestra, Amílcar. Seremos campeões e ganharemos um bom bicho". Sim, eles disseram. Eu fui. E eu fiz o Palestra Itália, o que atualmente se chama Palmeiras, campeão. E foi em cima do Corinthians. Eu era tetracampeão com o meu Corinthians. Somei mais três paulistas pela italianada. Pelo Palestra Itália. Foi assim até 1931, quando cansei, eu resolvi ganhar dinheiro jogando pela Lazio da Itália. Era o começo da minha aposentadoria de fato.

Cena #16

AMÍLCAR: Na verdade, eu fui para a Itália. Lá para a Lazio, era para ser técnico. Acho que eu fui o primeiro técnico brasileiro a treinar uma equipe europeia. Mais um título na minha conta... Mas quando um jogador se machucava, eu jogava no lugar dele e ensinava aqueles moleques da Europa como se jogava futebol. Então, eu também fui um dos primeiros brasileiros a jogar na Itália. No entanto, eu só pensava no Corinthians. Só que eu sabia que, no momento em que vesti a camisa da italianada, eu morrera para o Corinthians. Justo eu, louco por ti, Corinthians...

Cena #17

AMÍLCAR coloca as mãos nos olhos, tal como pensativo. Recomeçamos a ouvir grito da torcida do Corinthians:

"Aqui tem um bando de louco
Louco por ti, Corinthians
Aqueles que acham que é pouco
Eu vivo por ti, Corinthians
Eu canto até ficar rouco
Eu canto pra te empurrar
Vamo, vamo, meu timão
Vamo, meu timão
Não para de lutar
Aqui tem um bando de louco
Louco por ti, Corinthians"

AMÍLCAR abre os olhos e sorri.

AMÍLCAR: Acho que eu estou aprendendo esse grito. Ele diz tanto para mim. Ele parece a minha vida… Não sei se devo...Mas vou tentar…

Cena #18

AMÍLCAR: Aqui tem um bando de louco

Louco por ti, Corinthians

Aqueles que acham que é pouco

Eu vivo por ti, Corinthians

Eu canto até ficar rouco

Eu canto pra te empurrar

Vamo, vamo, meu timão

Vamo, meu timão

Não para de lutar

Aqui tem um bando de louco

Louco por ti, Corinthians

Aqueles que acham que é pouco

Eu vivo por ti, Corinthians

Eu canto até ficar rouco

Eu canto pra te empurrar

Vamo, vamo, meu timão

Vamo, meu timão

Não para de lutar

Aqui tem um bando de louco

Louco por ti, Corinthians.

Sim, louco por ti, Corinthians.

Cena #19

AMÍLCAR: Eventualmente eu fiz as pazes com a torcida e a diretoria do Corinthians. Eu fui técnico da equipe em tempos sem títulos. Uma pena. Queria ter gritado "É campeão" novamente pelo Corinthians. Sei que eu sou o quinto técnico que mais comandou o Corinthians. Foram 240 jogos e fico atrás apenas de nomes gigantes como Oswaldo Brandão, Tite, Rato e Mano Menezes. Todos eles técnicos mais brilhantes do que eu. Sim, eu admito isso. Mas… Sim, eu devo dizer que, no entanto, eu fui mais jogador de futebol que eles todos somados. E muito mais corinthiano que eles todos.

Cena #20

AMÍLCAR: Eu sei o que vocês estão pensando. Se ele é tão corinthiano porque a memória dele, a lembrança corinthiana dele, está no limbo? Sim, eu não sou o Amílcar Barbuy de fato. Eu sou apenas o que os corinthianos lembram dele. Alguns lembram de mim, mas não todos. Alguma mágoa ficou de mim, mesmo eu sendo "louco por ti, Corinthians". Afinal, eu fui enterrado em 1965 com a bandeira do Palestra Itália, mas o Corinthians não mandou representantes. De alvinegros, só minha família e amigos. Além da bandeira e de ex-jogadores, havia gente do Palmeiras para os últimos agradecimentos.

Cena #21

AMÍLCAR: Eu sei o quanto o Neco foi importante. Mas fui tão importante quanto. Sem Amílcar Barbuy, não haveria Neco no Corinthians e na Seleção, e vice-versa. Não teria quatro campeonatos paulistas, nem dois sul-americanos. No entanto, o Neco é lembrado. O Neco possui estátua. Eu não. Eu até que fiquei feliz que a minha família, em 2014, quando fez 100 anos do primeiro paulista, deu uma volta olímpica no Itaquerão com o troféu que eu ganhei. Mas, foi só isso... Será que se lembram disso? Minha família sei que sim, mas, e o torcedor corinthiano? Louco que nem eu?

Cena #22

AMÍLCAR: Assim, torcedor e torcedora com coração corinthiano, lembre-se. O Corinthians não começou ontem. Não começou no Mundial de 2012. Muito menos no de 2000. Nem com o Neto em 1990. Não começou com a Democracia Corinthiana de Sócrates, Vladmir e Casagrande nos anos 1980. Nem com o fim da seca em 1977. Nem com Rivellino, o reizinho do Parque São Jorge. Nem com Baltazar e Gylmar dos Santos Neves nos anos 1950. Nem em 1940, 1930, 1920. O Corinthians começou em 1910 e, em 1914, eu, Amílcar Barbuy, conquistei o primeiro título paulista invicto. Sim, lembre-se desse louco aqui.

Cena #23

AMÍLCAR: Leiam livros sobre mim. Leiam sites, blogs. Escrevam no Twitter. Postem no Instagram. Discutam no Facebook. Gritem o meu nome e de muitos outros corinthianos nos jogos do nosso Sport Club Corinthians Paulista. Afinal, não é isso que diz a música que vocês cantam no nosso estádio hoje em dia? "Eu canto até ficar rouco. Eu canto pra te empurrar. Vamo, vamo, meu timão. Vamo, meu timão Não para de lutar!". Grite até ficar rouco o nome de quem construiu essa paixão chamada Corinthians. Seja no Itaquerão, no estádio do adversário ou torcendo de casa. Louco por ti, Corinthians!

Cena #24

AMÍLCAR: Fazendo isso, talvez, eu não precise de um busto, de uma estátua lá no Itaquerão ou no Parque São Jorge ou no CT do Parque Ecológico do Tietê ou no Museu do Futebol no Pacaembu, no Maracanã, ou em uma rua qualquer do bairro paulistano do Bom Retiro. Eu quero estar na sua mente, no seu coração. Tal como eu estava no coração corinthiano quando eu jogava há mais de 100 anos. Você, torcedor corinthiano, que transforma o futebol em algo vivo. O Corinthians só é o que é por causa do seu… sim, do seu "bando de loucos"…

Cena #25

AMÍLCAR: Vocês já sabem quem eu sou? Meu nome é Amílcar Barbuy e eu fui o primeiro louco por ti Corinthians.

AMÍLCAR fecha os olhos, quase em posição de uma estátua viva, um busto em um estádio. No fundo, é possível ouvir enquanto a luz vai apagando:

"Aqui tem um bando de louco
Louco por ti, Corinthians
Aqueles que acham que é pouco
Eu vivo por ti, Corinthians
Eu canto até ficar rouco
Eu canto pra te empurrar
Vamo, vamo, meu timão
Vamo, meu timão
Não para de lutar
Aqui tem um bando de louco
Louco por ti, Corinthians"

Blackout

FIM

O corinthiano que desafiou o presidente do Brasil

Reproduzo aqui o roteiro da peça radioteatral "O center-half que desafiou o presidente" que escrevi e interpretei para a Rádio USP FM no programa Universidade 93.7 como produto do meu pós-doutorado em agosto de 2020. Ela conta a história de Amílcar Barbuy, objeto da peça teatral do presente livro, bem como é uma homenagem a Adoniram Barbosa e Osvaldo Molles graças ao personagem "Cigarrinho".

Espero que ajude a aumentar a intertextualidade futebolística e a poeticidade teatral presente neste volume. Quem quiser ouvi-la pode ir no YouTube: https://www.youtube.com/watch?v=eQ-G3LFVCsw

O center-half que desafiou o presidente

por Rafael Duarte Oliveira Venancio

PERSONAGENS

CIGARRINHO, malandro paulista em seus 30 anos

STORYTELLER

Hoje, a peça radiofônica da série "Seleção Paulista dos Craques de Outrora" é "O center-half que desafiou o presidente", escrita por Rafael Duarte Oliveira Venancio

CIGARRINHO

(*Risos*) É isso mesmo, chefia!

(*Pausa*)

(*Cantando*) *Sarve o Curintia.*

(*Pausa*)

Campeão dos campeão.

(*Pausa*)

Ternamente dentro de nosso coração.

(*Pausa*)

Sarve o Curintia.

(*Pausa*)

De tradição e grória mils.

(*Pausa*)

Tu é orgulho.

(*Pausa*)

Do esportista do Brasil.

(Pausa)

Teu passado, uma bandeira.

(Pausa)

O presente, uma lição.

(Pausa)

Tá nos primeiro.

(Pausa)

Do nosso desporte bretão.

(Pausa)

Curintia grande.

(Pausa)

É altaneiro.

(Pausa)

É do Brasil.

(Pausa)

O crube mais brasileiro (Pausa na cantoria).

(Pausa)

Vai Curintia!

(Pausa)

Como que é que fala! Poró pó pó! Pó pó pó!

(Pausa)

Ah, sei lá! Só sei que...

(Pausa)

Vai Curintia!

(*Pausa*)

Bonito demais esse hino do Curintia! Eu, Cigarrinho, malandro de Itaquera, aprovo...

(*Pausa*)

Mas nem preciso, né? O hino existe aí faz tempo.

(*Pausa*)

Meus *amigo* me *falou* que ele foi escrito em 1953, pelo radialista e compositor Lauro D'Avila.

(*Pausa*)

O povo que escolheu numa promoção de rádio.

(*Pausa*)

E ficava cantando *pelo* estádios após a conquista do Paulistão de 1954.

(*Pausa*)

Esporte Crube Curintia Paulista. Campeão do Quarto Centenário!

(*Pausa*)

É tal como o hino fala...

(*Pausa*)

(Cantando) Sarve o Curintia.

(*Pausa*)

De tradição e grória mils.

(*Pausa*)

Tu é orgulho.

(Pausa)

Do esportista do Brasil.

(Pausa)

Teu passado, uma bandeira.

(Pausa)

O presente, uma lição.

(Pausa)

Tá nos primeiro.

(Pausa)

Do nosso desporte bretão (Pausa na cantoria).

(Pausa)

Aqui nós é primeiro em tudo.

(Pausa)

E se o hino falou... E se eu, Cigarrinho, falou que o hino falou...

(Pausa)

Então tá falado!

(Pausa)

Sabe que *nóis* também foi o primeiro a colocar jogador de *responsa* na Seleção Brasileira?

(Pausa)

Sabia não? Então escuta essa prosa do Cigarrinho aqui!

CIGARRINHO

Nóis vai até o começo da história do Curintia.

(*Pausa*)

Uns filho de italiano ajudou a fundar o meu Coringão. O sobrenome deles era Barbuy. O Hermógenes Barbuy, por exemplo, desenhou os quatro primeiros *escudo* da história do clube, antes do distintivo bonito com *as âncora e os remos* que o artista plástico modernista e jogador de futebol do Curintia, o Rebolo, fez pra gente.

(*Pausa*)

Mas quem ficou famoso mesmo na família foi o Amílcar. Ele não começou no clube em 1910, na fundação, que nem os *irmão* dele. Somente em 1912 que o Amílcar Barbuy troca o Botafogo da várzea do Bom Retiro para atuar na equipe no Curintia.

(*Pausa*)

Já começou como capitão e há quem diga que ele era tão bom quanto o Pelé. Apesar de começar de camisa nove e ter ganho dois Paulista assim, em 1914 e 1916, ele resolveu virar volantão em 1917.

(*Pausa*)

Naquela época, volantão tinha nome chique, em *ingrês, center-half*. Era o bom e velho camisa cinco.

(*Pausa*)

Ai veio a consagração de vez...

(*Pausa*)

Foi chamado para ser capitão da Seleção brasileira em 1919 no Campeonato Sul-Americano, que hoje *nóis* chama de Copa América lá no Rio de Janeiro.

(*Pausa*)

Foi campeão e repetiu o feito em 1922. Ele e o Neco, outro grande jogador do Coringão, eram os *astro* do Brasil junto com aquele tal de Friedenreich lá que jogou *nos* São Paulo da vida lá...

(*Pausa*)

Viria mais dois Paulista pelo Curintia, em 1922 e 1923, um bicampeonato, mas ai tem uma história triste.

(*Pausa*)

Italianão, Amílcar Barbuy nunca escondeu que achava legal existir um Palestra Itália. Ele e os irmão até jogavam jogos sem valor pelo clube, que era pequeno na época. No entanto, Amílcar brigou com o Coringão.

(*Pausa*)

Tem uma fofoca aí sobre o motivo.

(*Pausa*)

Até parece que um jornalista curintiano conto isso em livro, então pode ser verdade.

(*Pausa*)

Cigarrinho só conta coisa de quem ele confia que leu.

(*Pausa*)

E se o Unzelte falou, tá falado.

(*Pausa*)

Parece que quando o Curintia mudou de sede deu para trás na família Barbuy.

(*Pausa*)

Os direitos de venda de bebida na sede do clube pertenciam ao pai deles lá, o seu Giovane Barbuy. Quando o Coringão se muda, esse direito é repassado a outra pessoa.

(*Pausa*)

O Amílcar ficou magoado, para não dizer que ele ficou outra coisa com o Curintia.

(*Pausa*)

Depois de uma década no clube, pensa até em pendurar *as chuteira*.

(*Pausa*)

Mas veio a italianada do Palestra Itália e convida ele pra jogar por eles.

(*Pausa*)

Parece que o Amílcar *esperô* até a última hora. Mas como o Curintia não pediu desculpa pra família Barbuy, ele foi lá e resolveu jogar no Palestra Itália. O time que agora se chama Parmera e é rival da gente.

(*Pausa*)

Foi tricampeão com a italianada. Paulista de 1926 e 1927 e uma edição extra do Paulista entre as duas.

(*Pausa*)

Além disso, Amílcar era jogador da Seleção Paulista de Futebol. Em 1922, foi campeão brasileiro de Seleções Estaduais quando ainda era do Curintia. Em 1927, quando era do Palestra, se tornou uma lenda.

(*Pausa*)

Vou até pegar minha caixa de fósforo para contar essa história.

Sons de fundo de "sambinha" de caixa de fósforo

CIGARRINHO

Amílcar era o capitão dos *paulista* no Campeonato Brasileiro de 1927.

(*Pausa*)

Tal como sempre, a final era contra o Rio de Janeiro, o Distrito Federal da época porque o Rio era a Capital.

(*Pausa*)

São Januário cheio. Era o maior estádio do país.

(*Pausa*)

O presidente do Brasil na época, Washington Luiz, estava presente. Detalhe, Washington Luiz era carioca, mas tinha sido prefeito de São Paulo, governador do Estado e era amante de esportes, especialmente das regatas no Tietê.

(*Pausa*)

O jogo começou.

(*Pausa*)

1 a 0 pros *carioca*.

(*Pausa*)

Nóis paulista empatemo.

(*Pausa*)

Aí o juiz ladrão não marcou um pênalti claro *pra gente.*

(*Pausa*)

No lance seguinte, roubou *a gente* e marcou um pênalti fajuto *pros carioca.*

(*Pausa*)

Toda torcida comemorando.

(*Pausa*)

O Amílcar Barbuy foi reclamar do juiz.

(*Pausa*)

Chegou chegando. Tipo *tá robano a gente seu juiz ladrão*.

(*Pausa*)

Aí o juiz acovardou.

(*Pausa*)

O ladrão falou *pro* Barbuy: "Se eu não fizer isso, me matam".

(*Pausa*)

Então, o Amílcar decidiu então *tirá os paulista* de campo.

(*Pausa*)

Em meio à confusão, parece que veio um engomadinho. Assessor do presidente.

(*Pausa*)

"O presidente Washington Luiz mandou não abandonar a partida"

(*Pausa*)

O Amílcar mostrou que, apesar de ser da italianada, ele tinha jogado no Curintia e disse: "Avise ao

governante que ele manda no Brasil, mas no campo
quem manda sou eu".

(*Pausa*)

Aí sim! Devia ter uma estátua dele lá no Itaquerão ou
no Parque São Jorge.

(*Pausa*)

Mas não tem.

(*Pausa*)

Após uma bela passagem pela Lazio, sendo o
primeiro brasileiro a jogar na Itália e a ser treinador
também, Amílcar Barbuy voltou ao Curintia, fez as
pazes e virou treinador. Hoje é o quinto técnico que
mais comandou o Coringão com 240 jogos, atrás
apenas de Oswaldo Brandão, Tite, Rato e Mano
Menezes. Dirigiu o São Paulo lá em 19 jogos em 1939
com 12 vitórias e sete derrotas.

(*Pausa*)

No entanto, parece que as pazes não foram muito
bem feitas. Não tem estátua dele no Curintia, mas tem
do seu parça Neco.

(*Pausa*)

E pior.

(*Pausa*)

A família Barbuy falou esses dias na imprensa que a mágoa persistiu até o fim da vida do Amílcar. Ele foi enterrado em 1965 com a bandeira do Parmera, que mandou representantes ao enterro. Já o Curintia não.

(*Pausa*)

Bom, para consertar esse erro, só tem uma coisa que o Cigarrinho aqui pode fazer.

(*Pausa*)

É cantar o hino em homenagem ao Amílcar Barbuy.

(*Pausa*)

(*Cantando*) *Sarve o Curintia.*

(*Pausa*)

Campeão dos campeão.

(*Pausa*)

Ternamente dentro de nosso coração.

(*Pausa*)

Sarve o Curintia.

(*Pausa*)

De tradição e grória mils.

(*Pausa*)

Tu é orgulho.

(*Pausa*)

Do esportista do Brasil.

(*Pausa*)

Teu passado, uma bandeira.

(Pausa)

O presente, uma lição.

(Pausa)

Tá nos primeiro.

(Pausa)

Do nosso desporte bretão.

(Pausa)

Curintia grande.

(Pausa)

É altaneiro.

(Pausa)

É do Brasil.

(Pausa)

O crube mais brasileiro (Pausa na cantoria).

(Pausa)

Vai Curintia!

(Pausa)

Salve seu Amílcar Barbuy!

Sons de fundo de "sambinha" de caixa de fósforo em
decrescente
Vinheta curta Universidade 93,7

STORYTELLER

Hoje, a peça radiofônica da série "Seleção Paulista dos Craques de Outrora" foi "O center-half que desafiou o presidente", escrita por Rafael Duarte Oliveira Venancio. O personagem Cigarrinho também foi interpretado por Rafael Duarte Oliveira Venancio. De fundo, os sons foram produzidos, editados e com design de som concebido por Rafael Duarte Oliveira Venancio.

FIM

APOIADORES DA COLEÇÃO "MICROCONTOS DE FUTEBOL"

Este livro só foi possível no contexto da campanha mensal de apoio financeiro contínuo no Apoie.se em apoia.se/microcontosdefutebol !

Nosso muito obrigado a todos eles!

Saiba quem foram os apoiadores do presente livro durante o mês de abril de 2021:

Ailton Douglas Antunes da Cruz
Manuel Duarte Venancio
Marcelo Cardoso
Miriam Mattiuzzi
Newton Santos

Informações retiradas da plataforma Apoia.se em 01 de maio de 2021

SOBRE ESTE LIVRO

No limbo das memórias esquecidas do futebol, a lembrança de Amílcar Barbuy conta sua história como um dos primeiros craques do Corinthians entre reconhecimentos e mágoas. Esta peça de teatro é uma homenagem ao jogador de futebol que ajudou a criar aquele que é conhecido, em terras paulistas (e quiçá por todo o Brasil) como o time do povo.

Com 25 microcontos que podem ser encenados como 25 cenas de uma peça teatral de ato único, bem como com duas crônicas explicativas, *O Primeiro Louco* conta a história de um Corinthians, de um Palestra Itália e de uma Seleção Brasileira nos anos 1910 e 1920.

Neste livro de Rafael Duarte Oliveira Venancio, o 62º de sua conhecida coleção de livros de "Microcontos de Futebol", vemos essa lenda do futebol contando sua própria história, sendo que o presente livro é um exercício de homenagem e imaginação. Os 25 microcontos funcionam como 25 cenas teatrais que mostram o center-half corinthiano se tornando uma lenda dos gramados. São cenas que usam todos os recursos de *storytelling esportivo* que tornaram Rafael Duarte Oliveira Venancio célebre. E, aqui, vemos também um pouco das suas habilidades como o dramaturgo que escreveu peças teatrais esportivas tais como "Jaguaré, felino do gol", "Heleno em Barbacena", "Friedenreich em cena", "Uma aula de futebol cidadão", "Pilotos em uma curva" e "The Basketball Hierophant".

Assim, seja em ebook ou na versão impressa, pegue este livro e curta uma boa contação de histórias sobre um passado distante do futebol.

SOBRE A COLEÇÃO "MICROCONTOS DE FUTEBOL"

A ficção de futebol é um exercício difícil, especialmente porque a realidade do esporte parece mais interessante do que qualquer história inventada. Um baú gigantesco de histórias fantásticas de futebol pode ser encontrado pelos séculos.

Esses microcontos são um misto de conto e crônica, muito populares na imprensa brasileira com autores tais como Carlos Drummond de Andrade, Moacyr Scliar, Nelson Rodrigues, entre outros. Drummond os chamava de historinhas ou cronicontos. Moacyr Scliar pegava uma manchete de jornal e fazia uma ficção em cima dela. Nelson Rodrigues articulava tais textos no guarda-chuva da "A vida como ela é".

Assim, as fronteiras entre fato e ficção não são postos por uma condição de Realismo Fantástico tal como o resto da América Latina, mas sim por uma escolha mais brasileira. Escolha essa que é bem representada pelas atitudes de Chicó, bravo coadjuvante de O Auto da Compadecida, de Ariano Suassuna, ou, até mesmo, pelo dito popular de que "quem conta um conto, aumenta um ponto".

Para fins formais, os microcontos possuem exatas 100 palavras. Esse gênero textual, em língua inglesa, é conhecido como drabble. Isso reforça o exercício criativo posto para (re)contar estórias do mundo da bola. Seja dentro deste volume, seja no contexto completo das obras da coleção "Microcontos de Futebol", há de se ter um caleidoscópio daquilo que o futebol tem de melhor: suas pequenas histórias.

A Coleção "Microcontos de Futebol" possui uma campanha de apoio contínuo via Apoia.se. Seja um dos nossos apoiadores!

Acesse: apoia.se/microcontosdefutebol !

NÚMEROS PUBLICADOS DA COLEÇÃO "MICROCONTOS DE FUTEBOL"

Série Copas do Mundo (publicados em 2018)

#1 Estreia no Uruguai: A Copa de 1930 em 18 microcontos de futebol, por Rafael Duarte Oliveira Venancio

#2 Poder na Itália: A Copa de 1934 em 17 microcontos de futebol, por Rafael Duarte Oliveira Venancio

#3 Decepção na França: A Copa de 1938 em 18 microcontos de futebol, por Rafael Duarte Oliveira Venancio

#4 Tragédia no Brasil: A Copa de 1950 em 22 microcontos de futebol, por Rafael Duarte Oliveira Venancio

#5 Milagre na Suíça: A Copa de 1954 em 26 microcontos de futebol, por Rafael Duarte Oliveira Venancio

#6 Encanto na Suécia: A Copa de 1958 em 35 microcontos de futebol, por Rafael Duarte Oliveira Venancio

#7 Baile no Chile: A Copa de 1962 em 32 microcontos de futebol, por Rafael Duarte Oliveira Venancio

#8 Tradição na Inglaterra: A Copa de 1966 em 32 microcontos de futebol, por Rafael Duarte Oliveira Venancio

#9 Hegemonia no México: A Copa de 1970 em 32 microcontos de futebol, por Rafael Duarte Oliveira Venancio

#10 Totalidade na Alemanha: A Copa de 1974 em 38 microcontos de futebol, por Rafael Duarte Oliveira Venancio

#11 Grito na Argentina: A Copa de 1978 em 38 microcontos de futebol, por Rafael Duarte Oliveira Venancio

#12 Desencanto na Espanha: A Copa de 1982 em 52 microcontos de futebol, por Rafael Duarte Oliveira Venancio

#13 Herói no México: A Copa de 1986 em 52 microcontos de futebol, por Rafael Duarte Oliveira Venancio

#14 Empate na Itália: A Copa de 1990 em 52 microcontos de futebol, por Rafael Duarte Oliveira Venancio

#15 Calor nos Estados Unidos: A Copa de 1994 em 52 microcontos de futebol, por Rafael Duarte Oliveira Venancio

#16 Surpresa na França: A Copa de 1998 em 64 microcontos de futebol, por Rafael Duarte Oliveira Venancio

#17 Esperança na Coreia, Respeito no Japão: A Copa de 2002 em 64 microcontos de futebol, por Rafael Duarte Oliveira Venancio

#18 Retranca na Alemanha: A Copa de 2006 em 64 microcontos de futebol, por Rafael Duarte Oliveira Venancio

#19 Barulho na África do Sul: A Copa de 2010 em 64 microcontos de futebol, por Rafael Duarte Oliveira Venancio

#20 Farsa no Brasil: A Copa de 2014 em 64 microcontos de futebol, por Rafael Duarte Oliveira Venancio

#21 Orgulho na Rússia: A Copa de 2018 em 64 microcontos de futebol, por Rafael Duarte Oliveira Venancio

#22 Um jogo, Uma estória: As Copas do Mundo de 1930 a 2018 em 900 microcontos de futebol, coletânea de textos escritos por Rafael Duarte Oliveira Venancio

Série Abecedário de Craques (publicados em 2018)

#23 Audazes Boleiros: Estórias de craques das letras A e B em 30 microcontos de futebol, por Rafael Duarte Oliveira Venancio

#24 Célebres Desafiantes: Estórias de craques das letras C e D em 30 microcontos de futebol, por Rafael Duarte Oliveira Venancio

#25 Ecléticos Futebolistas: Estórias de craques das letras E e F em 30 microcontos de futebol, por Rafael Duarte Oliveira Venancio

#26 Grandes Heróis: Estórias de craques das letras G e H em 30 microcontos de futebol, por Rafael Duarte Oliveira Venancio

#27 Incríveis Jogadores: Estórias de craques das letras I e J em 30 microcontos de futebol, por Rafael Duarte Oliveira Venancio

#28 Kickers Lendários: Estórias de craques das letras K e L em 30 microcontos de futebol, por Rafael Duarte Oliveira Venancio

#29 Mestres Notáveis: Estórias de craques das letras M e N em 30 microcontos de futebol, por Rafael Duarte Oliveira Venancio

#30 Oníricos Pleiteantes: Estórias de craques das letras O e P em 30 microcontos de futebol, por Rafael Duarte Oliveira Venancio

#31 Queridos Rivais: Estórias de craques das letras Q e R em 30 microcontos de futebol, por Rafael Duarte Oliveira Venancio

#32 Salvadores da Torcida: Estórias de craques das letras S e T em 30 microcontos de futebol, por Rafael Duarte Oliveira Venancio

#33 Ultra Vitoriosos: Estórias de craques das letras U e V em 30 microcontos de futebol, por Rafael Duarte Oliveira Venancio

#34 Winners e Xodós: Estórias de craques das letras W e X em 30 microcontos de futebol, por Rafael Duarte Oliveira Venancio

#35 Yashins e Zizinhos: Estórias de craques das letras Y e Z em 30 microcontos de futebol, por Rafael Duarte Oliveira Venancio

#36 Abecedário de Craques: Estórias de craques em 390 microcontos de futebol, coletânea de textos escritos por Rafael Duarte Oliveira Venancio

Série Campeonato Sul-Americano (publicada em 2019)

#37 Pioneiros da Sul-América: O Campeonato Sul-americano em 1916, 1917, 1919, 1920 e 1921 em 31 microcontos de futebol, por Rafael Duarte Oliveira Venancio

#38 Tupis e Charruas: O Campeonato Sul-americano em 1922, 1923 e 1924 em 23 microcontos de futebol, por Rafael Duarte Oliveira Venancio

#39 Celeste Olímpica contra os Albicelestes: O Campeonato Sul-americano em 1925, 1926, 1927 e 1929 em 28 microcontos de futebol, por Rafael Duarte Oliveira Venancio

#40 Alvirrubro Inca e os Platenses: O Campeonato Sul-americano em 1935, 1937 e 1939 em 32 microcontos de futebol, por Rafael Duarte Oliveira Venancio

#41 E a Guerra não parou o Futebol: O Campeonato Sul-americano em 1941, 1942 e 1945 em 52 microcontos de futebol, por Rafael Duarte Oliveira Venancio

#42 Argentina Insuperável: O Campeonato Sul-americano em 1946 e 1947 em 43 microcontos de futebol, por Rafael Duarte Oliveira Venancio

#43 Esperança Auriverde: O Campeonato Sul-americano de 1949 em 29 microcontos de futebol, por Rafael Duarte Oliveira Venancio

#44 Triunfo dos Guaranis Alvirrubros: O Campeonato Sul-americano de 1953 em 22 microcontos de futebol, por Rafael Duarte Oliveira Venancio

#45 Cone Sul: O Campeonato Sul-americano em 1955 e 1956 em 30 microcontos de futebol, por Rafael Duarte Oliveira Venancio

#46 Júbilo dos Carasucias: O Campeonato Sul-americano de 1957 em 21 microcontos de futebol, por Rafael Duarte Oliveira Venancio

#47 Xadrez Platense: O Campeonato Sul-americano duplo em 1959 em 31 microcontos de futebol, por Rafael Duarte Oliveira Venancio

#48 Viva a Verde!: O Campeonato Sul-americano de 1963 em 21 microcontos de futebol, por Rafael Duarte Oliveira Venancio

#49 Crepúsculo da Sul-América: O Campeonato Sul-americano de 1967 em 15 microcontos de futebol, por Rafael Duarte Oliveira Venancio

#50 Nos Campos da Sul-América!: O Campeonato Sul-Americano entre 1916 e 1967 em 378 microcontos de futebol, coletânea de textos escritos por Rafael Duarte Oliveira Venancio

Série Pais Fundadores do Futebol Brasileiro (publicada em 2020)

#51 Charles Miller e a fundação do futebol brasileiro: 25 microcontos de futebol, por Rafael Duarte Oliveira Venancio

#52 Urbano Caldeira e a invenção santástica: 25 microcontos de futebol do Alvinegro Praiano, por Rafael Duarte Oliveira Venancio

#53 Friedenreich em cena: 25 microcontos de futebol em cenas teatrais, por Rafael Duarte Oliveira Venancio

#54 Heleno em Barbacena: 25 microcontos de futebol em cenas teatrais, por Rafael Duarte Oliveira Venancio

#55 Um diário de Hans Nobiling: 25 microcontos de futebol sobre o pioneiro alemão do futebol paulista, por Rafael Duarte Oliveira Venancio

#57 Jaguaré, felino do gol: 25 microcontos de futebol em cenas teatrais, por Rafael Duarte Oliveira Venancio

Homenagem (publicada em 2020)

#56 D10S: 25 microcontos de futebol em cenas teatrais, por Rafael Duarte Oliveira Venancio

Série Pais Fundadores do Futebol Brasileiro (publicada em 2021)

#58 Barbosa e o churrasco do Maracanã: 25 microcontos de futebol em cenas teatrais, por Rafael Duarte Oliveira Venancio

#59 O Negro, o Futebol e o Brasil: 25 microcontos de futebol em cenas didáticas de teatro de marionetes, por Rafael Duarte Oliveira Venancio

#62 O Primeiro Louco: 25 microcontos de futebol em cenas teatrais corinthianas, por Rafael Duarte Oliveira Venancio

Série Craques Mundiais do Futebol de Outrora (publicada em 2021)

#60 Sindelar no Divã do Dr. Freud: 25 microcontos de futebol e psicanálise em cenas teatrais, por Rafael Duarte Oliveira Venancio

Série Questões do futebol (publicada em 2021)

#61 Hoje não tem jogo: 25 microcontos de futebol em peça falada, por Rafael Duarte Oliveira Venancio

PRÓXIMOS NÚMEROS
Série Copa América (prevista para 2021/2022)

Boleiros Incas e a Nova Era: A Copa América de 1975 em 25 microcontos de futebol, por Rafael Duarte Oliveira Venancio

América Alvirrubra: A Copa América de 1979 em 25 microcontos de futebol, por Rafael Duarte Oliveira Venancio

Uruguai Ressurge: A Copa América de 1983 em 24 microcontos de futebol, por Rafael Duarte Oliveira Venancio

Supremacia Celeste: A Copa América de 1987 em 13 microcontos de futebol, por Rafael Duarte Oliveira Venancio

Quarenta Anos Depois: A Copa América de 1989 em 26 microcontos de futebol, por Rafael Duarte Oliveira Venancio

Retorno da Albiceleste: A Copa América de 1991 em 26 microcontos de futebol, por Rafael Duarte Oliveira Venancio

Zênite Argentino: A Copa América de 1993 em 26 microcontos de futebol, por Rafael Duarte Oliveira Venancio

Uruguaios Invictos: A Copa América de 1995 em 26 microcontos de futebol, por Rafael Duarte Oliveira Venancio

Canarinho na Altitude: A Copa América de 1997 em 26 microcontos de futebol, por Rafael Duarte Oliveira Venancio

100% Verde-amarelo: A Copa América de 1999 em 26 microcontos de futebol, por Rafael Duarte Oliveira Venancio

Café no Gramado: A Copa América de 2001 em 26 microcontos de futebol, por Rafael Duarte Oliveira Venancio

Acréscimos Brasileiros: A Copa América de 2004 em 26 microcontos de futebol, por Rafael Duarte Oliveira Venancio

Octa-amarelinha: A Copa América de 2007 em 26 microcontos de futebol, por Rafael Duarte Oliveira Venancio

Quinze Tons de Celeste: A Copa América de 2011 em 26 microcontos de futebol, por Rafael Duarte Oliveira Venancio

A Vermelha: A Copa América de 2015 em 26 microcontos de futebol, por Rafael Duarte Oliveira Venancio

Condor em Terras Gringas: A Copa América Centenário de 2016 em 32 microcontos de futebol, por Rafael Duarte Oliveira Venancio

Um Novo Século: A Copa América de 2019 em 26 microcontos de futebol, por Rafael Duarte Oliveira Venancio

No Novo Normal: A Copa América de 2021 em 26 microcontos de futebol, por Rafael Duarte Oliveira Venancio

Viva Sul-América!: O Campeonato Sul-Americano e a Copa América entre 1916 e 2021 em 835 microcontos de futebol, coletânea de textos escritos por Rafael Duarte Oliveira Venancio

SOBRE O AUTOR

Rafael Duarte Oliveira Venancio é escritor, dramaturgo, psicanalista e psicoterapeuta, professor e mentor, além de storyteller-chief da To the Moon | Soluções em Storytelling. É Doutor em Meios e Processos Audiovisuais pela Escola de Comunicações e Artes da Universidade de São Paulo (ECA/USP), onde também se formou Mestre em Ciências da Comunicação e Bacharel em Comunicação Social - Habilitação em Jornalismo, além de possuir licenciatura em História pela FIAR-CESUAR. Cumpriu entre 2019 e 2020, o estágio de pós-doutorado em Ficção e Dramaturgia Radiofônica na própria USP.

Enquanto escritor e dramaturgo, publicou uma centena de livros enquanto autor independente e por editoras tradicionais em quatro línguas. Suas peças de teatro e de radioteatro foram encenadas em três línguas em três países. Seus temas mais frequentes são ficção e reimaginação histórica, metadramaturgia, história do futebol e storytelling filosófico. No campo da Psicanálise, trabalha como pesquisador e crítico psicanalítico em Educação, Comunicação, Arte e Cultura desde 2005.

Lattes: http://lattes.cnpq.br/3649723115710339

Facebook e Twitter: @rdovenancio

Instagram: @rafaeldovenancio

www.rdovenancio.com.br

SOBRE A TO THE MOON | SOLUÇÕES EM STORYTELLING

Contamos histórias e estórias...
Ensinamos a contar histórias...
Sonhamos com mais estórias.

Ir para a Lua. Esta, talvez, seja a metáfora mais importante dentro do mundo daqueles que se preocupam com a imaginação e com as boas histórias. Imaginação essa que pode ser literária tal como a de Jules Verne, pode ser artística tal como a de George Meliès ou pode ser, até mesmo, tecnológica e desbravadora tal como aquela que possibilitou o feito de Neil Armstrong.

Walter Benjamin nos lembra que a narração é uma característica humana em extinção, apesar de necessária. O problema não é que não temos mais um público interessado nas boas histórias e estórias. Pelo contrário. Não temos mais narradores.

Neste contexto, surge a To the Moon: Soluções em Storytelling. Trabalhamos em 3 frentes para buscar um mundo com mais histórias contadas: (1) Criamos materiais tais como livros, ebooks e podcasts para demonstrar novas formas de ficção e de uso enquanto material didático para quem deseja entrar nesse mundo, não importando a linguagem midiática; (2) Ensinamos com oficinas, palestras e cursos EAD o exercício do storytelling e da narratologia, que são as ferramentas para criar autores e narradores; e (3) Disponibilizamos serviços editoriais e de tutoria para autores, que vão da ajuda inicial até a publicação de livros, ebooks e podcasts, para que novas histórias e estórias venham à tona.

Conheça mais o nosso trabalho e faça um orçamento!

To the Moon | Soluções em Storytelling
Site:https://tothemoonstorytelling.blogspot.com
Twitter e Instagram: @ToTheMoonStory
E-mail: tothemoon.storytelling@gmail.com